P9-DGF-206

SOS
PRINCESAS

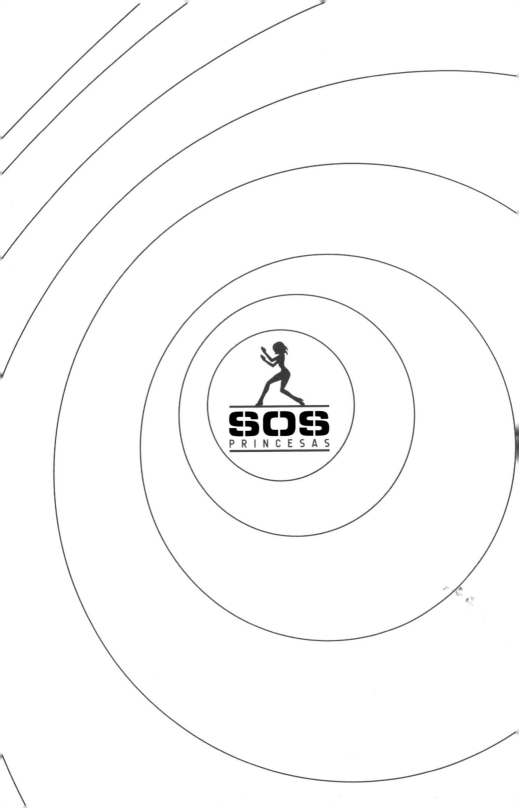

El gato del maharajá

Christian Jolibois
Ilustrado por Christian Heinrich

SOS
PRINCESAS

EDELVIVES

Directora de la colección:
M ª José Gómez-Navarro

Coordinación editorial:
Violante Krahe

Dirección de arte:
Dpto. de imagen y diseño GELV

Diseño de la colección:
SPR-MSH.COM

Traducción:
Fernando Revuelta

Título original:
Le chat du Maharadja

© Albin Michel Jeunesse, 2003

© De esta edición: Editorial Luis Vives, 2006
Carretera de Madrid, km. 315,700
50012 Zaragoza
teléfono: 913 344 883
www.edelvives.es

ISBN: 84-263-6152-8

Depósito legal: Z. 2511-06

Talleres Gráficos Edelvives (50012 Zaragoza)
Certificados ISO 9001

Printed in Spain

Para la verdadera princesa Safya.

Una fea mañana de primavera, Aglaé se entrena tarareando la canción de moda:

—*Ay, por favor, no me mire usted así.*
Ay, por favor, que me siento morir...

—El correo, señorita Aglaé —anuncia el fiel Napoleón.

Agencia S.O.S
Princesas París

Señorita Aglaé,
VENGA DEPRISA
El ser que más quiero
en el mundo
ha desaparecido.

Princesa Safía
Palacio de Talalampur
Imperio de la India

–¡NO HAY UN MINUTO QUE PERDER!
–exclama Aglaé–. ¡Una princesa necesita mis
servicios! ¿Secuestro? ¿Fuga? ¿Accidente mor-
tal? Coge un atlas y sígueme.

–¡Uf!, calma, no se hunde el mundo...

Mientras Aglaé se ducha, Napoleón consulta el mapa:

–Veamos. El palacio de Talalampur se encuentra en el norte de la India. Se necesitan al menos unas ocho semanas en barco, dos en tren y, por último, otra a lomos de un elefante para llegar hasta allí. Así que, en total, serían...

–¡YA LO HE ENTENDIDO! –dice Aglaé–. No estaría allí ni en Navidad... Ve cerrando las maletas mientras pongo el motor en marcha. ¡Nos vamos!

–¡Ah, no! ¡Yo no! –contesta Napoleón–. ¡ODIO LOS VIAJES! Y además, si voy yo, ¿quién se ocupará del rododendro?

–¡Tienes razón! Nos llevamos el rododendro.

—Pero, señorita Aglaé, si yo no os voy a ser de ninguna ayuda. Soy el criado más perezoso del planeta.

—¡Deja de presumir y date prisa!

De un salto, Aglaé se mete en la cabina.

–¡EN MARCHA HACIA LA INDIA, PEGASO! –exclama alegre Aglaé–. Y nada de excentricidades, por favor, que llevamos un viejo gruñón a bordo. Je, je, je.

Unos días más tarde, el palacio de la princesa Safía aparece, al fin, en toda su magnificencia. Aglaé aterriza en el césped impecable del maharajá de Talalampur.

Nada más bajar del aparato, la recibe una extraña criatura vestida de hierro:

–Sed bienvenida, señorita Aglaé. Soy Dipankar, chambelán al servicio de la princesa Safía. Mi joven señora os espera impaciente…

… ¡SEGUIDME! Será mejor que os pongáis esto, por si tenemos un encuentro desagradable.

Aglaé está fascinada por el lujoso palacio del maharajá: paredes cubiertas de oro y piedras preciosas, fuentes y jardines rodeados de columnas de mármol blanco y rosado...

Por fin llegan a los aposentos privados de la princesa.

—La señorita Aglaé, de la Agencia SOS Princesas, princesa.

—¡BUAAAH! ¡Señorita Aglaé, qué contenta estoy de veros! —se desahoga la princesa.

—¿Qué ha pasado aquí? ¿Un tifón? ¿La guerra?

—No. Es *Darjeeling*, mi gata: desapareció hace una semana —solloza la princesa.

—¡VUESTRA GATA! ¡Ah, ya comprendo! Todo este belén lo han montado los secuestradores.

—No. Nadie ha secuestrado a *Darjeeling*. Nadie ha pedido un rescate.

—Entonces, ¿ha huido? —pregunta Aglaé.

—¡Imposible! Nunca nos separamos. *Darjeeling* incluso duerme conmigo. No sé dónde puede estar... ¡Buaaaah!

Aglaé abraza a la princesa y la consuela. Se quedan así durante un momento sin decir nada.

—*Darjeeling* era un poco como una hermana para mí —gimotea Safía—. Le contaba todos mis secretos.

—No habléis de ella en pasado, princesa. Encontraremos a su minino, bueno, minina. ¡UF! ¡Huelo a tigre! El viaje ha sido tan largo...

Safía acompaña a Aglaé a los baños de palacio:

–Mirad, Aglaé, es una foto de *Darjeeling* recién nacida, cuando me la regaló papá. Ahora es mucho más grande, claro...

–Escuchad, princesa, si la gata no ha sido secuestrada ni ha huido, es posible que se haya perdido por alguno de los innumerables pasillos. Este palacio es un verdadero laberinto.

En cuanto sale del agua, Aglaé llama:

–¡NA-PO-LE-ÓN! Mis maletas, por favor.

–Sí, sí... Ya voy –farfulla Napo.

Después de cenar, la velada se prolonga hasta altas horas de la noche.

–Decidme, princesa, ¿dónde están vuestros padres? –pregunta Aglaé.

–Mis padres están ahora en una cacería con su amigo el maharajá de Jaipur. Durante su ausencia, Dipankar está encargado de cuidarme –explica la princesa Safía.

—Su chambelán es, desde luego, un tipo muy original, Safía. Pero ¿por qué lleva siempre una armadura?

—Le dan miedo los gatos. Je, je, je.

Mientras tanto, a unos metros de allí, unos ojos refulgentes, ocultos en la maleza, observan fijamente a las dos amigas.

A la mañana siguiente, en la habitación de Aglaé se organiza la búsqueda.

—Mientras Napoleón registra el palacio, nosotras recorreremos el pueblo enseñando la foto de *Darjeeling*. Venga, subid, princesa.

—¡ES IMPOSIBLE! —rechaza Safía—. Está prohibido que las mujeres salgan de sus habitaciones.

—Pero vos sois una princesa.

—Incluso las princesas. La ley es muy estricta. Está prohibido salir y dejarse ver.

—Vuestros padres no están. ¡HAY QUE APROVECHARLO! Poneos esto y pasaréis desapercibida.

—Hay otro problema, Aglaé...
¡NUNCA HE MONTADO
EN BICICLETA!

Mientras, Napoleón cumple con su misión ayudado por Dipankar: examinar el palacio minuciosamente hasta en sus más ocultos rincones.

—MININO, MININO... ¡AY, AY, AY!

—Dipankar, vuestro miedo a los gatos raya en la ridiculez. ¡Fuera esa armadura!

Por primera vez en su vida, la princesa Safía pasea por la populosa ciudad de Talalampur. Está fascinada por la animación de sus calles.

–¿Qué tal, princesa?

–Sobre ruedas, je, je.

Empieza la investigación:

–¿Habéis visto a mi gato?

–¿Habéis visto...?

–¿Habéis...?

—¡QUÉ CURIOSO! Sólo con ver la foto de la gatita todos se aterrorizan —reflexiona Aglaé en voz alta.

—No lo entiendo, Aglaé. Un animal tan tierno como *Darjeeling*.

Aglaé y Safía, decepcionadas y con las manos vacías, deciden regresar.

Pero al pasar delante del templo de Ganesh, a dos pasos del palacio, Safía decide preguntar a una última persona.

–Decidme, hombre santo, ¿sabríais...?

–¡*DARJEELING*! –grita de repente el santón–. ¡La-veo-en-el-palacio-del-maharajá! ¡La-veo-tumbada-en-la-oscuridad-con-tres-monstruos-hambrientos!

—Safía, si *Darjeeling* se esconde en el palacio, pronto asomará sus bigotes.

—Que el generoso dios Ganesh te escuche, Aglaé —responde Safía.

Justo en ese instante, se oye un grito estremecedor:

¡¡¡AAAAAAAHHHHH!!!

—¡ES NAPOLEÓN! Le ha pasado algo. Dadle fuerte a los pedales, Safía. Volvemos a palacio. ¡RÁPIDO!

–¿Qué ha pasado, Napoleón?

–¡Es terrible, señorita Aglaé! Venid a verlo.

–¡¡¡Por las barbas de tía Bárbara!!! –grita Aglaé.

–Estaba echando una cabezadita en el avión, cuando todo ha empezado a temblar. He visto un monstruo con siete patas..., no, doce..., el cuerpo cubierto de escamas y unas terribles fauces. Ha devorado los neumáticos.

Safía suspira:

–Calmaos, señor Napoleón. Hoy ya no resolveremos este misterio y estoy agotada, ¿qué tal si nos vamos a dormir?

Poco después, una silueta se desliza por los pasillos del palacio. Es Napoleón, al que ha despertado una ligera gazuza y se dirige a las cocinas.

–¡¡¡ÑAM!!! ¡Una cocina entera sólo para mí!

—¡Caramba!, ¿qué es esto?

—¡ESTARÉ SOÑANDO! ¡Una caca en medio de la cocina!

¡¡¡GROOOAAAARRR!!!

Un siniestro gruñido resuena en el palacio y alerta a Aglaé, Safía y Dipankar, que acuden corriendo:

—¡DEPRISA! El ruido viene de la cocina.

—¡Aquí hay unas huellas! —dice Dipankar sofocado.

—Las reconozco, Dipankar. Son de las patazas de *Darjeeling*.

—¡Pero si éstas no son las huellas de un gato! Parecen las de... de un...

—¡TIGRE! Claro, Aglaé, ¡mi gatita es una tigresa!

—¡UNA TIGRESA! Pero, entonces..., ¡MI POBRE NAPOLEÓN!

–¡OH, DIOS MÍO! –grita Aglaé hundida–. ¡Ahí! El gorro de Napoleón. Lo ha devorado...

–No puede ser, Aglaé. *Darjeeling* no le haría daño ni a una mosca.

–¡PRINCESA! ¡Hay un espíritu tronante dentro de la nevera!

Aglaé abre la puerta.

–¡Oh, miren! Napoleón durante su retirada de Rusia. ¡Ja, ja, ja!

–Ya podéis salir, señor Napo –le tranquiliza Safía–. Mi gatita ya no está aquí.

La princesa Safía vuelve a ser feliz. Su gata está en palacio ¡y viva! Animada por Aglaé, la princesa va conquistando libertades y ha descubierto que le encanta jugar al tenis.

—Yo creo que vuestra bestia ha vuelto al estado salvaje. ¡Atchís! ¡Ay! ¡Y encima he pillado un buen resfriado! —gruñe Napoleón.

—No, señor Napo. Que *Darjeeling* se vuelva salvaje sólo se le puede ocurrir a un zoquete.

—Pero ¿por qué está escondida? MISTERIO... —reflexiona Aglaé.

De pronto, al intentar una volea, la princesa Safía manda la pelota fuera de la cancha.

—La pelota debe de haber caído en las ramas de este árbol —dice Aglaé mientras trepa a él.

—¡BAJA DE AHÍ, AGLAÉ! ¡Como te vea alguien! —grita Safía—. ¡Es un árbol sagrado! Está prohibido tocarlo y mucho más subirse a él.

—¡Ah, qué graciosos! Hay tres criaturitas hambrientas que tampoco han respetado la prohibición. Je, je, je.

–¡Siendo fuerte y sagaz, de todo eres capaz! YA SÉ DÓNDE ESTÁ –exclama Aglaé.

–¿La pelota? –pregunta Safía.

–No solamente. «Tres hambrientos», ¿no os recuerda nada, princesa?

–¡Claro! Las palabras del santón: «La veo tumbada en la oscuridad con tres monstruos hambrientos».

–¡DIANA! *Darjeeling* y los tres monstruos hambrientos están escondidos en el palacio. ¿Hay alguna habitación... una habitación prohibida en la que no podamos entrar? –se informa Aglaé.

–Sí. Los aposentos privados del maharajá. Está absolutamente prohibido entrar allí.

−¡LLEVADME ALLÍ! −ordena Aglaé.

−¡No puedo dejar que hagáis eso! Aquí las leyes son muy severas. Si os cogen, os cortarán la cabeza.

Cuando llegan a las puertas de los aposentos del maharajá, Aglaé constata que las puertas están cerradas. Pero junto al jardín...

−Por aquí. Los postigos están entreabiertos.

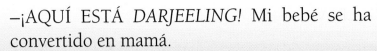

–¡AQUÍ ESTÁ *DARJEELING!* Mi bebé se ha convertido en mamá.

–Je, je... –dice Aglaé–. Mi intuición era buena. Todos los gatos se esconden para dar a luz a sus cachorros.

–¡MI GATITA! ¡Qué contenta estoy de haberte encontrado!

–No os asustéis, Aglaé, señor Napo. Venid a acariciarlos.

–LO SIENTO. Pero tengo que regar un rododendro urgentemente –se excusa Aglaé.

–Yo soy alérgico a los pelos de gato –alega Napo.

Unos días después, el maharajá y su corte regresan de la cacería a su palacio de Talalampur.

–Safía, hija mía, mi bollito de miel, mi diamante único, ven a abrazar a tu padre.

–¿La caza ha sido buena?

–¡EXCEPCIONAL! ¡Mira! He capturado en la jungla un magnífico y rarísimo ornitóptero.

–Pero ¿quién es esta fascinante persona? –pregunta el maharajá.

–Aglaé, de la Agencia SOS Princesas. Ha venido para ayudarme a encontrar a *Darjeeling*, que se había escondido para tener a sus gatitos.

–Es un honor, Alteza –dice Aglaé.

–¿Qué puedo ofreceros como agradecimiento, señorita Aglaé? ¿Un palacio? ¿Diamantes? ¿Elefan-
tes?... ¿UN GATITO?

–Con un par de ruedas nuevas para la avioneta
será suficiente.

–Mientras arreglan el aparato, seréis mi invitada.

Las fiestas y los bailes se suceden con el famoso
esplendor oriental. Gracias a la influencia de
Aglaé, ahora la princesa Safía puede ir y venir
por el palacio como quiere.

Por fin llega el día de la marcha. Adioses, abrazos, algunas lágrimas, el último regalo del maharajá...

Aglaé, de nuevo al mando del avión, con tristeza deja Talalampur para siempre.

Un mes más tarde...

–El correo, señorita Aglaé –dice Napoleón.

–¡SÉ BUENO, GANDHI, SÉ BUENO!

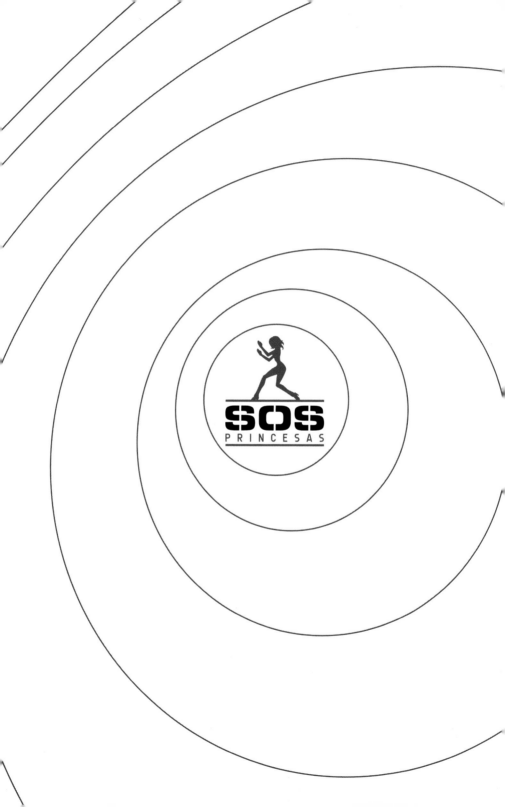

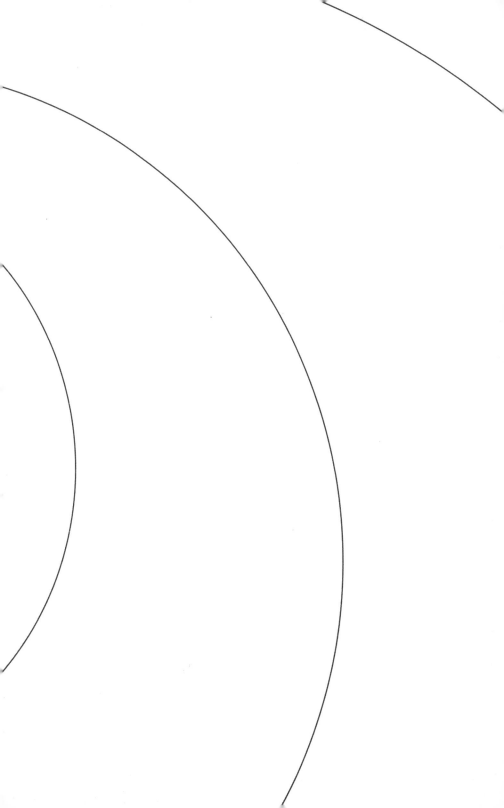